現代短歌ホメロス叢書 PART I ―― 13

横山岩男

Iwao Yokoyama

歌集

青桐

飯塚書店

青桐・目次

平成二十八年

装幀　㈱ポイントライン

青桐

横山岩男　歌集

平成二十三年

庭桜

柔らなる若葉風吹く山の道水の滲める幾ところ過ぐ

冬山に登りて遺体帰らずとケルンを積めり一ノ倉沢

山の嶺見えつ隠れつ霧速し川原に大き雪のかたまり

車椅子の師と登りたるロープウェー霧に閉ざされゐむ天神平

彼岸近く花を持たざる曼珠沙華異常気象は季《とき》を遅らす

石の階登り来たれる岩船山秋の彼岸に今年も詣づ

駆け足に登る人見て石段を杖つき休み休みては行く

いつまでの命か知らず「国民文学」会員の死に線香手向く

登りより下りに見るが鮮らしき曼珠沙華花の紅き一群

照れる日に春の桜は勢へ　れど十月桜の季《とき》長く咲く

庭桜かがよふひともと八十周年記念号の校正に日毎通ひし

大方の葉を落したる柿の枝《え》を透る日差しの額あたたかし

兄弟は他人のもとと空穂詠み今なら分かる人の哀しみ

編集の終はり残るは会一つ身のつつがなく歳晩迎ふ

松村英一序文集

一人一人の個性ひき立て序文集英一の筆温かにして

リューマチの手もて書きたる稿幾つ百二十三篇の英一序文集

英一の全歌集評論集序文集われの関はり書棚に並ぶ

師の墓に詣づと家を早く出で『樹氷と氷壁』文庫本に読む

暖かく晴れたる今日はわが行くを喜びいまさむ英一の霊《たま》

意識なく生死さまよひ見る夢の覚めては妻の現《うつつ》に返る

吾と子が下より呼ぶに階段を昇りきれずに覚めたりと妻は

階段が界を分かつや昇り得ず返しし妻の今にして言ふ

死に至る階段なりやもう一歩が踏み出せずなりと妻の真顔に

透明にすべすべしたる厚氷妻のかざしぬ日の差す庭に

存在感薄き父の日いつよりかありとし吾を妻のねぎらふ

東日本大震災

突然の大き揺れなり会合に天井見つめ収束を待つ

揺れのやみ声かけながら階下る灯り届かぬ手摺りに添ひて

広場には避難の人ら群るるなか止《とど》まるなくて帰りを急ぐ

信号の消えたる街をわが車緩めつ早めつ妻の待つ家

家近く電話をするも不通にてつづく余震の車を揺らす

経験になき大き揺れ揺れ長し震度五強四階にして

整然と水に浸《つ》かれる核燃料棒再び稼動することのなく

一箇月経つも不明六百人津波のあとの一つ町にて

放射能汚染に出荷停止せるカキナ青青と畑の広がる

人体に影響なしといふカキナ出荷停止の畑青青と

放射能拡散すればふるさとに行きても今年は蕨を取らず

放射能の量のいくばく怖れては何も進まず庭の菜を摘む

原発事故日日報ずれど解決の糸口のなく終息はなき

政局の混迷は益益深くなり震災復興の焦りを煽る

歳月は待たず

子の持たす携帯電話自《し》が所在知らす機能の他は要なく
メールすることなどなかり単純に電話は家に通ずればよし

機能など知らずともよし家にかくる携帯電話一つ憶えを

携帯を持つはわがため妻のため駅に着きては家に電話す

携帯に二十三秒寒き日は家にて熱きお茶が飲みたい

効用は安心感かポケットの携帯電話は子に従へり

足腰に痛みのなくば持ち歩く鞄は本に携帯電話

親よりも自らのこと考へよ三十七歳歳月は待たず

千代國一先生

採る歌は直観にして手が出ると評は厳しく頭冴えゐき

第一句省けば緊密感出るとゆるぶ調べを吾に諭しき

生涯に五冊と言へば十冊を目標にせよと千代先生は

内臓は悪くはなしと言へる師の老いなればそこそこ悪くありしと

一週間の命と医師に言はるるも顔色のまた良くなりたりと

先生とわが呼ぶ声に眼を開けてうなづき給へりベッドの上に

いつか来る別れにあるも一日も長くと思ふは酷にもあるか

見納めになるやも知れずと罷り来て師のお子たちと葬儀を諮る

鎌倉

本堂を過ぎて奥まる畳の間水月観音ほのか見えたる

しづもれる半伽像なる観音の眼と眼があひぬ午前の光

たをやかに坐れる水月観音にわれの思ひの満ちてゆくらし

身をそらしくつろぐさまの観音の欄間に「水月」の大拙の文字

水月観音にまみえ出でたる玄関に一樹輝く娑羅の白き花

登り来て墓の幾十幾多郎に大拙後《しり》へに谷川徹三

壇上に雅子の語る祖父水穂膝に抱かれし年月の歌

露地の奥にひそむが如く住みなして康成『山の音』書きたる処

考ふること楽しからむ荒るる日は「海の音」をも聞こえしならむに

甘縄の社の山の風の音聞くとなく聞き稿進みしか

甘縄の社に見やる康成の自死せし小壺マリーナ白し

平成二十四年

雪の浅間山

藤村の詩碑の前にて自らに果てたる君の姿眼にみゆ

宿抜けて自ら果てし乙女なる君が眼にみゆ五十年経つ

一人旅泊めてくれしと手記残し自ら果てぬ宿を抜け来て

今生の別れに雪の浅間山眼に美しく映りしならむ

曼珠沙華赤きが咲けば白の咲きめぐらす家の今が盛りか

かさかさと冬の林に灰の降り少年の日の浅間の噴火

山峡に落葉を掻けば葉の上に浅間の灰の音立てて積む

浅間山いづこと知らず火山灰落葉の上にうつすらと積む

文化祭

飛び飛びに残る写真の展示にてゆくりなく幼き吾を見出でつ

背の低き生え際見ればまさしくも小さき吾なり小学五年生

戦時ゆゑ写真あらずと思ひしに小学五年の修了写真

三十代の柿上《かきあげ》先生母のなき吾には優し今になつかし

覚えなき小学五年の写真には少年にしてわれの幼し

装ひて二十《はたち》となれる女《め》の孫の声のほがらに大人びて見ゆ

交替制勤務にあれば遠きわが成人式に祝はるるなく

きさらぎの二十九日の水曜日雪の降る中髪切りにゆく

未明より降り積む雪の車庫の屋根三センチはた五センチの嵩

庭の石白く覆ひて積む雪のなほ降りやまぬ雪を目に追ふ

記録的大雪といふ三十一センチ幼き頃はよく降りてゐき

自然の風

宿直の夜に開きし『万葉集』文庫本親し今も読み継ぐ

開放的家の造りは炎暑にも自然の風がわが身を通る

数値一つ上がりしのみに精検を指示さる癌の疑ひありと
正常の範囲にありて八十に近き身癌の心配なしと
八十に近き身前立腺癌の心配なくもなほ健診を

若き日に難解にして読み難き幾冊傍へに置きて読みゆく

今日の雲紅しと兄の言ひ出でて眼底出血に半年に逝く

放射能の不安に去年《こぞ》は採らざりし蕨を採りぬふるさとの山

聖地霊園

一人にても詣でむとせし師の墓にけふは連れ立つ一行七人

良き墓を願ひて建てし師の墓の建立は入院し病みて臥すころ

雑木林に向かひて建てる師の墓碑の霊安《たま》らふや妻君と共に

後追ふがに妻君逝きて一つ墓に睦みいまさむ聖地霊園

風吹けば木木の揺らぎて墓の前師を亡くしたる者らの集ふ

墓清め師を語らへば生くる日のままに声の聞ゆるごとし

師の墓を清めゐる間も声徹り野の鳥鳴けり林の中に

ふるさとに向きたる墓か簡明に碑の高くして石の新し

声あげて幽霊失せしと國一の若き日をいふ確信するがに

四割しかわからぬと言ひハイデッガーに親しみてゐし晩年の師は

死は「生の完結」なりと恆存《つねあり》の言葉を胸に一世を終へぬ

平成二十五年

新た思ひに

木枯らしの吹く道抵抗の思ひもて足を踏みしめわが歩みゆく

寒寒と暮れてゆく空遠き辺は茜薄らに一日の終はる

いかなる死願ふも死にの瞬間は苦しみあらず恍惚ならむ

遠き日を勤めに通ひし荻窪に新たな思ひ歌の講師に

校正の手を止めて寄る窓の雪片片大きく降りしきるなり

乗り継ぎて辿り着きたる久喜駅に電車止《とど》まり雪に動かず

午前より降りたる雪の降り止まず帰宅の足の乱れにまどふ

車中泊覚悟してとる夕の食雪の止まぬもゆるりと坐る

食を得て身の温まる雪の日の車中泊もよし本を傍へに

飢ゑ寒さ凌げればよし三月の大雪の日の歌会を思ふ

雪の日は雪楽しまむおのづから湧きくる思ひ動かぬ電車に

書聖王羲之展

晩年の佳き書やはらに王羲之の線のびやかに気品を持てり

書を能くし詩を愛したる王羲之の永和九年曲水の宴

眼を射つる「觀」の一文字次次に書展に現れわれの見入りぬ

晩年によきもの書ける王羲之の五十代にて老いを意識す

悠揚として迫らずの書聖の書宮中に模刻し今に残れり

詩の心歌の心に比《たぐ》ひてぞ書ののびやかにわれを導く

肩越しに見ることもなく書聖王羲之展に心の満つる

屈託なく書きたるならむ王羲之の筆ののびやかに気宇豊かなり

歳月

過ぎ去れば若しと思ふ五十六歳勤めを辞めて経たる歳月

けふのこと今なしおかむ暑き日も朝の気澄みて肌冷え冷えと

心電図の乱れは心の乱れとも朝の一時胸に手を置く

木を伐りて明るき下《もと》に頰寄する石の童の女男《めを》の笑まるる

頰寄せて童子童女の石の像おもかげ似るや邪心なき顔

遠花火揚がるがごとき音のして近づく雷雨容赦のあらず

わが家に雷鳴しきり轟けり電灯を消し言もなくゐつ

揚げ物の多くあらぬも煮魚の膳にのぼらず鰈の煮付け

共に祝はむ

城の庭見下ろしにつつ持つゆとり天守にありてしばしを憩ふ

窪田空穂記念館二十周年「国民文学」百周年なり共に祝はむ

空穂創り英一育てし「国民文学」百周年の責めをわが負ふ

空穂の文字あたたかく条幅に色紙短冊に書体のそろふ

「信州を詠う」門下の色紙展戒壇廻りのわが歌飾らる

けふの日に合はせ作れる菓子柔ら空穂生家に抹茶頂く

師の墓のみ前に百周年記念号夏暑き日の午前に詣づ

百周年百周年と呼びかけてわが手に重し記念号なる

青き山河

終戦を聞きしは同級生の友にして炎暑の昼の巴旦杏の下

個を越えし未来いかにと炎天に佇み思ひし山河は青き

終戦の日の思はれて消ゆるなし一本の木のまぼろしに立つ

俄なる大き轟き低空に機の過ぎ行けり北に向かひて

寒くなりまた暑くなり季《とき》移り秋の光のわが身をつつむ

終バスの通れば寂《せき》と音のなく冬は炎のあかきゐろり火

夜を一人机に対へば近づきて過ぐる電車の響きの重し

午前中作るは陰翳乏しきと國一評すわが若き日に

オリンピックの招致きまれど原発の汚染水いまだ解決のなく

地下水の清きが汚染水となり汲み上げられて缶のあふるる

明日の日は清く照らむをPM２・５眼には見えねど確かに降れり

無言館

大正の初めに生まれし者多き画学生の残す絵のしづかなり

防人《さきもり》と時を距つる若者の心偲びつつ絵を見て回る

征《ゆ》く前に描きし裸婦の年を経て色のくすむも面つややかに

父母に兄弟がゐて卓に寄る果たせぬ夢の画題「団欒」

絵に添へる一人一人の出身地「栃木」とあるは心に沁みき

悲しみの心は言はず出で立ちて再び故国の土を踏むなし

一回り見ては元に戻り見る裸婦像の絵のいたく古びぬ

戦争の続けばわれも征きしならむ若きが絵を見て慰まなくに

平成二十六年

幼き記憶

寒の水うましと祖母の湯に浸りわれにも強《し》ひぬ風邪を引かぬと

我や先祖父《さき》が先かと口の端に寝てゐし幼き記憶おぼろに

川上に家なく沢の水飲みてわれの育ちぬ十五の歳まで

家にあるはただ一机《いっき》のみ兄使ひ机に対ひし覚えあらなく

円仁の修行をしたり本堂の幾度焼けしも寺の名残る

円仁の座禅を組みし奥の院峙つ巌《いは》に生ふるものなく

一遍の雨宿りせし小野寺にわが祖《おや》のあり絵詞を読む

八十になりたる吾の逆縁の悲しみ知らず今日を祝はる

十九の心

新しく給はる齢八十一わが祖《おや》にかく生きし人なき

八十一歳は到達点にあらずして出発点とみづからにいふ

二月生まれと言へば二日生まれとふ友の笑顔に親しさのあり

垂井町宮代は隣町といふただそれのみに親しみの湧く

師は何に学びしや「血もて書け」「雲の座」見出でつこの文庫本

道すがら見やる源義の墓どころ「花あれば西行の日と思ふべし」

一年にひとたびは立つ師の前に碑のつつましく「松村家之墓」

わが裡に師は生きまして八十になりたる今も十九の心

冬にても半ズボンにて過ごしゐる女子学生あり寒くはなきか

『いきの構造』読むたび発見ありといふ女子学生の学び確かに

街中に鶏の声めづらしと過ぐる数歩にまた鳴き出でぬ

雪の後

八十一歳になりたるわれの師の齢まであと十年を年譜に辿る

英一の宿りし二日後伊豆の土肥に壽樹来りて暁に死す

短冊を左手に持ち太ぶとと書ける壽樹の筆よどみなし

入会し間もなく壽樹の短冊を得しかばわれの英一に乞ふ

大声に空穂先生と別れいふ英一の声忘れ難しも

雪残る墓を清めて花立てに飾れば華やぐ黄に紫

雪の上掃けば白きが現れて師の墓の前清められたり

鳴く声に羽の色にて何鳥と分かるをわれは大き小さしと

季《とき》により鳴く声変はるやわがめぐり鳥の来ては声低く鳴く

ほのかにも匂ふ白梅一本は伐り倒されぬ空洞となりて

ほのかにも香る白梅群《むら》なして耀ふはよしわが過ぐる時

五月の風

諸樹木を大きく揺りて吹く風の騒がしからず五月の風は

栃の葉の大き重なり仰ぎ見て歩みゆくみち次次の影

柿の葉の柔柔として吹かれゐる木下いつしか影を作れり

朴の木の高きが白き花つくる五月明るし若葉の中に

風の道ありて通りゆく風に南天の葉の大きく揺るる

雨雲の空を覆ひて降りやまぬ梅雨の一日のこの集中雨

猿の仔も育てては人と同じとふ慈しみつつ芸を仕込みぬ

人間の言葉解りて芸をなす猿は思ひ思ひに机に坐る

仔猿より共に暮らして見極めし個性のままにあいさつの芸

原発事故に異国の人ら皆去りて猿軍団の終演迫る

廃炉まで四十年のかかるとふ核の脅威となり果てにけり

飯山

文庫本の大き活字の読み易く旅にともなふ『破戒』飯山

藤村の『破戒』に残る佇まひ案内《あない》乞ふなく境内に憩ふ

寺多き飯山の街仏具店見ながら歩む雁木の通り

山あひの街飯山に藤村の縁《ゆかり》しのびて寺を廻りぬ

千曲川舟に下りて飯山に行きし件《くだり》も遠き物語

藤村に導かれ読む「一茶旅日記」滑稽ならぬ哀しみに触る

飯山の駅前に食ひし冷し中華今ありやなし時に思ふも

暑くとも夏はよろしも歩みゆく道にさやかに風の立ちたり

嬰児

子の一人孫の三人《みたり》が七月に生まれしといふこの暑き日や

親族《うから》らに囲まれ育ち人見知りせぬか孫の子一歳となる

嬰児のこの小さきが「うま」といふ言葉らしきを言ひ初めにけり

捨つるにも体力が要ると妻のいふ捨てても物のたまるが多し

蟬の声が絶えず聞こえてゐるやうな夏暑き日の庭のいづくより

五年先は長くもあるか一二年の命か知れず未来といふは

夜の明けの遅くなりつつ北の窓白み来らず再び眠る

俄なる冷えに駅までの二十分涼しと歩みおのづ汗出づ

本居宣長

本を出すことを希ひて宣長の三十二年を『古事記伝』書く

医を業となしつつ『源氏』の講義なし夜は『古事記伝』の執筆をせり

賀茂真淵・本居宣長記念館一年の内に二つに見《まみ》ゆ

商才のなき婿家に戻りては医学を治め国学に立つ

師を敬ふ心は「縣居大人之霊位」みづから書きて床の間に掛く

学問と実用の書と書き分けて今に残れりメモの類も

十七歳の宣長描ける日本地図つぶさに古き街道残す

老いといふ意識のなくも確実に身に降り積むや鞄の重し

平成二十七年

フィレンツェの富と美

初めての子を抱く母の喜びの筆鮮明に聖母子像は

聖母子像大き小さき見て回る子を抱くあり手を合はすあり

うら若きをとめ身籠り不安なる面持ちをせり天使を前に

生まれたる嬰児真直ぐに母を見る眼きよらに太りたる四肢

まはだかの赤子の四肢のふくよかに命を分けし母に抱《いだ》かる

神の子に生まれしわが子に礼深《ゐや》く手を合はす母敬虔に満つ

おのづから湧きくる心さやけきに聖母子像を幾つ見て佇つ

美を高く掲げて今にフィレンツェの象徴として聖母子像は

公木忌

雪降れる公木忌ありけふ晴れて蕾ふふめり上野のさくら

英一の研究発表「晩年の心」をつぶさに君の語れり　岡本瑤子氏

人に見せる歌は詠まぬと筆折りて二年後《のち》を英一の逝く

納骨に来りし大場遠山千代今われのみに墓に額づく

納骨に来りし四月花の咲く広き墓苑の中を歩めり

戦場にありし愛子《まなご》の還り来て命永らへ八十九に逝く

百枚綴りの原稿用紙に対ふ師の背あこがれのごとく見つめき

師の家をまかりて歩み出でしとき心洗はるる思ひにありぬ

自然の光

世界遺産となりし富岡製糸場に子に連れられて繰糸機《さうしき》を見る

国策に成りし富岡製糸場時先駆けて繰糸機ならぶ

屋根高く自然の光をとり入れて糸繰り機器の並ぶ幾百

上毛《かみつけ》に入れば鉄路の沿線に桑のみどりの葉のあふれゐき

五十一に死しても残る仕事せし夢二の絵かも墨の色濃く

選ばれしものが残るや屈託のなく描きたる夢二のロマン

装幀者夢二に宛てし白蓮の若き「燁子《あきこ》」の豁達の文字

石見の国森林太郎として死にゆける墓の小さく虚飾のあらず

仰向けに

仰向けに倒れたるまま雨の降る庭にて妻の起きあがれずに

左手の痺れを言ひて如何様に支へても妻の雨にくづるる

みづからの力奪はれ雨の中妻に添ひつつしばらくををり

雨の中に倒れし妻に声かけて濡れ縁までを這ひて着きたり

勤めより子を呼び寄すに妻の身の梗塞ならば手遅れになると

かかる時救急車呼べと子の言へりよろよろと妻畳にまろぶ

ＭＲＩとりては異状なしといふ妻の倒れし現実如何に

受け応へなすも声の弱弱し食の細りてありたる妻の

点滴を受けゐる妻の小一時間やうやくに手の温まり来ぬ

横向きに眠れる妻の息の音聞こえぬ時に熱中症を思ふ

畳の上に物置かぬ生活《くらし》せよといふ妻のこの頃口のうるさし

平和

一万を切りても市の名とどめゐるかつては炭坑に栄えしものを

山峡の村はふるさと過疎となりやがて限界集落とならむ

下書きの済みてはあれど締切りに清書するには気力が要りぬ

暗き道一人歩むも脅えなく歩むは平和といふべきものか

物陰に隠れて銃を構へゐる戦渦の街をある夜は思ふ

金柑のつぶらなる実が卓上の灯の下《もと》向きの思ひ思ひに

長幼の序の保たれて四人《よつたり》の女人の会の清清しかり

花の咲き雪降り初めて雲白く空を覆へり月のいづこに

神よりの賜物なりや花が咲き雪降り出でて庭のはだらに

私語をなす者英一の一喝し緊張のなか歌会のつづく

一集にまとめねば未完成といつよりか思ひ至りて歌集を編みき

影負ひて歌生まれしかある夜はしきりに思はる身を顧りみて

気前よくつきあひゐては暇《いとま》あらず原稿書くと今日はこもりぬ

蓮華草の田の広広と眼にあるも歌のみ生きて歌ひつがれむ

幼き思考

「国民文学」に入会せしは昭和二十七年幼き思考の中に生きゐて

平成を昭和に代へて辿る夜の『帰潮』『鳥の棲む樹』『仰日』親し

貧しきは食へぬを言ひし昭和の世飽食の世に餓死を見むとは

帙入《ちつい》りの『赤穂義士銘銘伝』小学四年の頃に読みゐき

食無くも貧しとはせず学校より戻れば『新字鑑』引きて倦まざり

『新字鑑』かたへに置きて漢文をひたすら読みき終戦の年に

下駄履きて勤めに通ひし日のありき昭和二十八年の貧しき記憶

眼も耳もわが確かにて孫の理沙眼鏡を三つ替へたりといふ

未熟児に生まれし力《りき》の小学生小さきも歯と眼のよしと笑へり

予定表に書き込む日程多き日は四つまで重なり身は一つにて

切り捨てらるる物は切り捨て生きむかな八十二歳になりたる吾の

足をとらる

思はぬに足をとられて転びたり四十年を通ひし道に

防鳥網道にありとも倒れしは身の衰へか慰まなくに

思ひきや歌会の帰りころぶとは夕べ額を打ちてはらばふ

千代先生帽を目深《まぶか》に顔の傷かくし給ひき路上にころびて

居間にして師の転びては自らに起き上がれずにはらばひゐしと

転びてもただでは起きぬとふ諭しまさしく転び得たるもの何

先のことと思ひてゐるも死はすぐに迫りてあらむある日を不意に

二十年の活動希ひ勤め辞め年年が過ぎ余年を思ふ

線状降水帯

雨雲が列島のうへ北上す線状降水帯県をまたぎて

小山市が大変なことになつてゐると電話に起こさる大雨の被害

つつがなくひと日は過ぎて一編を書けば次の一編が待つ

新小山市民病院が移転して近くなりたり内覧会に

林の中日差し明るく幅広し新病院の現れにけり

新機種の備へらるるを見て回りカテーテル検査の機器に見入りぬ

町医者の見立ては脚気とふ兄の腎手後れに二十九に死す

戦争を引き起こす要因は経済と文明言ひしを人づてに聞く

平成二十八年

真綿の帽子

ＩＳへの空爆日日に烈しかりシリア難民の群れ幼を連れて

ＩＳの拠点と言へどシリア人なほも住みゐて空爆烈し

高尚なる歌を希はず現実のつぶやきでよし老いたる今は

みづからが書きたる文字を読みあぐね清書をするにやや整はず

飲んだうちに入らぬといふわが酒量蔑《なみ》するがごとこの看護師は

長の子の生まれしは師走十二日凪の冷たく夜の明くる前

生まれしは五十一年前にして真綿の帽子かぶり退院をせり

長の子の生まれしは師走十二日曾孫を抱くとわが思ひきや

通巻千二百号

空穂より「国民文学」つづきたり愚直に重ねて千二百号

二百号の別冊『徳川時代和歌の研究』同人若くみな三十代

五百号の主要同人五十代今なら若し皆一家言持つ

五百号記念の会にて大隈会館に初めて会ひぬ中井正義

誌の上に競ふも会ふなき誰彼を思ひて夜を一人し学ぶ

大会に初めて会ひて夜を遅く語りてゐしは若さのゆゑか

千号を迎へて特集組まざりし理由《ゆゑよし》書きぬ師の逝きし後

大きは鳩小さきは雀電線にいつも来てをり朝の日を浴ぶ

蠟梅の花咲き出でてわが庭を明るくしたり早春の花

三・一一地震のあとにガソリンを求め午前二時並びしといふ

原油安は喜ぶべきを生産者はつぶれしといふ曠野の中に

原発に戻れぬ人の二十二万なほありといふ四年の今も

胸を張り肩肘張らぬが楽な姿勢といつよりか思ふ家にをりても

食と医に守られながら生くる身の八十三歳机に対ふ

ボッティチェリ展

昂揚感持ちつつめぐり足を止むボッティチェリの聖母子像の前

子を抱《いだ》き聖書をひらくマリア像胸元広くガウンは藍に

信仰の深きが絵にも現るや母の眼は伏し子は見開きて

信仰の深く母恋ふ姿とも聖母子像は見つつ飽かなく

描く人の心現れ聖母子像聖なるものはわれを魅了す

「誹謗」「欺瞞」装ひ艶《あで》に中央に離れて裸身の乙女「真実」

肩幅の広く指《およ》の天を指す裸身の乙女「真実」の像

余剰なる言葉省けば現るる真実といふ隠れなきもの

藤の花房

彼岸会の総会に寄る墓どころ二十八年前求めしままに

大方の墓碑の建ちつつ退職に求めし墓の土の曝れゐつ

かたくりの群落見むと来しなだり一つ二つと花開き初む

高山に妻と登りし友の痩せかたくり咲ける山みち下る

花房の短く垂れて藤棚の大きひろがり絶えず揺れをり

二百年経ちたる藤の花房の盛りの今を房の短し

日の方へ枝の伸びゆき藤棚を明るく覆ひ花房の揺る

新しきものより古き万年筆手には馴染みて稿を書き継ぐ

胸に挿す万年筆の失せてなし再び見《まみ》えず手をつくししを

書き馴れし万年筆の三十年いつもわれの傍へにありぬ

在職に長く用ゐし万年筆今も評論記すにつかふ

早苗饗

栃の葉の緑濃くなり葉の間《あはひ》ほつほつ赤く花の咲く見ゆ

麦の穂の熟るるを見れば麦を刈り足踏み脱穀機使ひし思ふ

小学生も働き手なりし農の家麦刈り自ら鎌を研ぎたり

連休に田植ゑの終はる機械化に早苗饗《さなぶり》などといふは絶えしか

地下水の放射能に汚染され汲み上げられて缶の幾千

公害に関心持ちて半世紀足尾鉱毒事件水俣病に

やすやすと歌の詠めぬを気質とも修練とも思ふこの頃吾は

時来れば形を与へてやらむのみ書きゆくうちに連想呼びて

寄りかかり寄りかかられず生きてゐる今を幸ひと言ふべきものか

持ち物を見れば人が分かるとふ性《さが》そのままに物に現る

平衡感覚失せたる今は自転車に頼《よ》らず車に出かくるが多し

国際短歌大会

軽井沢に因み卒論の『聖家族』詠みたる歌に君は受賞す

石井みどり氏

卒論に君の書きたる『聖家族』若き日宿直にわれの読みにき

入賞の君を祝ひて追分の堀辰雄記念館心ゆくまで

整然と並べられたる茂吉歌集辰雄は心寄せたるらしも

木木の上《へ》に大きく伸びたる偽アカシア小花の白く浮き立つが見ゆ

家にして午夜を過ぐるに旅にては本少し読み九時には寝ねつ

一冊の本に執して旅にても寝る前開き置く枕もと

幾重にもたたなはる山見下ろして碓氷峠の新緑の中

白く耀ふ

先に逝く者は逝きつつ吾よりも若きが逝けばそぞろ悲しゑ

運転は八十迄ときめゐしが更新手続きの来れば書き替ふ

郵便の来ぬ日のあらず当然のこととしおのづポストを開くる

日の差せる方は明るく耀ひて今が盛りと梅の花咲く

栃の木を囲へる土にいつの間に蓬の芽生え風に吹かるる

逝きてより五年の経ちて千代國一生誕百年の会を催す

年年に来りて対ふ墓碑のまへ八月暑く大会近し

素朴なる詠風今もわが裡にありや都会の風はあこがれ

解説

寺島博子

歳月を経て深まりゆく思いがある。横山岩男氏の第八歌集『青桐』には師への尽きせぬ思いが滲む。長年に渡り結社や短歌界に尽力され研鑽を積んでこられたことが、重厚な作品を生み現在に至る時の流れを濃密なものとしている。

一人一人の個性ひき立て序文集英一の筆温かにして
空穂創り英一育てし「国民文学」百周年の責めをわが負ふ
逝きてより五年の経ちて千代國一生誕百年の会を催す

受け継がれてきた系譜を自覚して重責を担いつつ、人間的な温かみを大切にしているのである。師が「一人一人」を思って為してきたことは自らの指針でもあるのだろう。結社誌の百周年記念号、師の生誕百年の会における務めを果たし、脳裏に浮かぶのは先人の教えだったのではないか。力強い言葉の運びに信念が表れている。

風吹けば木木の揺らぎて墓の前師を亡くしたる者らの集ふ
わが裡に師は生きまして八十になりたる今も十九の心

永遠に色褪せず心の中に留まっている時間や景がある。自然の摂理に触れるときに崇敬する師を失った寂しさは拭いようもないが、弟子どうし支え合っていこうとする心も育まれていた。師弟という縁に結ばれた関係性をこの上なく純粋なものと考えていることが伝わってきて、「今も十九の心」という言葉の清らかな響きに胸を衝かれる。
日常の表情が垣間見える作品を引いてみたい。

昂揚感持ちつつめぐり足を止むボッティチェリの聖母子像の前

余剰なる言葉省けば現るる真実といふ隠れなきもの

朴の木の高きが白き花つくる五月明るし若葉の中に

家にあるはただ一机《いっき》のみ兄使ひ机に対ひし覚えあらなく

存在感薄き父の日いつよりかありとし吾を妻のねぎらふ

嬰児のこの小さきが「うま」といふ言葉らしきを言ひ初めにけり

一首目は胸中の昂りを表して絵画の魅力を語っている。二首目、作歌における信条であろう。何事にも通じる普遍性がある。三首目、「高き」「白き」「明るし」という形容詞と、花と若葉の色の対比によって歌に生じた空間は実に豊饒である。自分を表現の世界へと導いてくれた兄との思い出を詠んだ四首目、互いにいたわり合う妻との暮らしぶりを綴った五首目は情趣に富む。六首目、嬰児の発する声を瑞々しく描写して成長を言祝ぐ。

対象と真摯に向き合い率直に表現していて、いずれの場面も明瞭な輪郭を持つ。心情のこまやかな描写にも特徴がある。確かな生の実感に裏打ちされた表現に信頼を置いているのである。揺るぎない作歌姿勢が歌に太い気息を生み出している。

終戦の日の思はれて消ゆるなし一本の木のまぼろしに立つ
生涯に五冊と言へば十冊を目標にせよと千代先生は
素朴なる詠風今もわが裡にありや都会の風はあこがれ

終戦の年、横山は十二歳であった。「一本の木」は消えることのない記憶を意味するものであり、自身の精神を表象するものでもある。そして己を厳しく見つめ、師に賜った言葉の通り見事に成し遂げている。三首目は歌集の掉尾に置かれている。「素朴なる詠風」を手放さずにいることにも「あこがれ」をいだき続けることにも、それぞれの尊さがある。生まれ育った土地への愛情も窺われる。「わが裡にありや」という静かな問いかけには自重が籠もる。

日々の息遣いが自然と作品に表れており、自律した在り方や心の機微が描き出されている。修練を重ねて得た表現が奥深い味わいをもたらしている歌集である。

あとがき

本歌集『青桐』は、『春遊』につづくわたしの第八歌集で、平成二十三年から同二十八年までの作品三六七首を収める。著作集としては歌集八冊、評論集二冊で目標の十冊目になる。

「青桐」は、兄の筆名で若くして亡くなったため、一冊の句集も残さなかったが、早くから頭角を現し、周囲の人達からは「青桐さん」と親しまれていた。

わたしは、兄から俳句の手解きを受けたものの満足な作は得られず、おのずと短歌に興味を覚え、歌に関する本を読むようになった。

著作集十冊を記念して、兄を偲び、『青桐』としたが、名の由来は、旧制中学時代の国語の教師によって「青は藍より出でて藍より青し」(『荀子』)の「青」で、弟子が先生よりすぐれていることを言い、「出藍《しゅつらん》の誉《ほま》れ」とも言われる。「桐」は所属していた俳誌「二桐」からのもので「青桐」としたと聞いている。

先師松村英一の言葉に

果てしなき未来の追及があって歌集刊行の意義がある。

を読み、歌集は、今迄作ったものを纏めただけのものでなく、未来を見据え、未来の追及、新しい自己を求めての作歌であることに、新しい指針を得た思いである。

本歌集は、歌に関心のある人、歌を作らない人にも、手軽に手にとって読んで頂ける歌集でありたいと希っている。

解説は、歌壇でご活躍の「朔日」の寺島博子氏にお願いした。快くお引受け頂き深謝したい。

出版に当たり、校正を石井みどり氏に、飯塚書店店主飯塚行男氏に共々お世話に与った。厚くお礼を申し上げる。

平成二十九年三月十日　　横山岩男

横山 岩男（よこやま いわお）

一九三三年 栃木県生まれ
一九五二年 「国民文学」入会。現在、選者・発行人
歌集『風紋の砂』『弓絃葉』『柿若葉』『早春の庭』『春四月』『水との対話』『春遊』
評論集『把握と表現』『作歌の道』
現代歌人協会会員、日本歌人クラブ参与、栃木県歌人クラブ名誉会員

現代短歌ホメロス叢書
国民文学叢書第五七〇篇
歌集『青桐《せいとう》』

平成二十九年五月十日　第一刷発行

著　者　横山　岩男
発行者　飯塚　行男
発行所　株式会社　飯塚書店
http://izbooks.co.jp
〒一一二-〇〇〇二
東京都文京区小石川五-十六-四
☎　〇三（三八一五）三八〇五
FAX　〇三（三八一五）三八一〇

印刷・製本　株式会社　恵友社

ISBN978-4-7522-1213-3